DISNEY
PRINCESS

迪士尼公主
短篇故事集

關懷體諒篇

新雅文化事業有限公司
www.sunya.com.hk

迪士尼公主短篇故事集
關懷體諒篇

翻　　譯：張碧嘉
繪　　圖：Disney Storybook Art Team
責任編輯：周詩韵
美術設計：陳雅琳
出　　版：新雅文化事業有限公司
　　　　　香港英皇道499號北角工業大廈18樓
　　　　　電話：(852) 2138 7998
　　　　　傳真：(852) 2597 4003
　　　　　網址：http://www.sunya.com.hk
　　　　　電郵：marketing@sunya.com.hk
發　　行：香港聯合書刊物流有限公司
　　　　　香港荃灣德士古道220-248號荃灣工業中心16樓
　　　　　電話：(852) 2150 2100
　　　　　傳真：(852) 2407 3062
　　　　　電郵：info@suplogistics.com.hk
印　　刷：中華商務聯合印刷（廣東）有限公司
　　　　　廣東省深圳市龍崗區平湖街道鵝公嶺春湖工業區10棟
版　　次：二〇二一年十月初版
　　　　　二〇二三年一月第二次印刷

目錄

DISNEY PRINCESS

✦ 貝兒 ✦

特別的睡前故事

特別的睡前故事

　　日影西斜，夕陽照着野獸的城堡。城堡外白雪紛飛，非常寒冷，但貝兒在城堡裏卻感到很溫暖舒適。

　　初到城堡的時候，貝兒根本無法想像自己有一天可以如此享受這裏的生活。

　　過去幾天，貝兒都在外面騎着她的馬兒費立四處散步，

甚至還跟野獸玩雪球大戰。

貝兒意想不到，她竟慢慢將城堡當成了自己的家。

貝兒從窗口望着野獸將費立帶到馬廄去。途中，野獸猶疑了半晌，才舉起自己巨大的手掌，有點生硬但友善地拍拍馬兒。

貝兒想：野獸的內心，並不如他外表般兇惡。

突然間，阿齊蹦蹦跳跳地進來。「貝兒！貝兒！」他叫着，「是時候說故事了！」

「嗯，阿齊。」茶煲太太跟隨在兒子身後說，「你要等貝兒主動提出跟你說故事才對。也許她很疲倦，想早點休息。」

「我還好。」貝兒笑着回答。她已經習慣了跟這些新朋友說睡前故事，而且她一整天都在期待這個環節呢！「我們去圖書館吧！」

「萬歲！」阿齊邊叫邊跳，走出房間。

特別的睡前故事

　　二人來到圖書館的時候，盧米亞和葛士華早就在那裏了。他們將貝兒最喜愛的那張椅子推到火爐旁邊。椅背上搭着一張暖毯，椅子上放着一本厚厚的書，那本書的皮套看起來有點殘舊。

　　「也許我們今晚可以講這個故事。」葛士華指着那本書建議說。

　　盧米亞看看封面。「《歷代的頭盔：頭盔的詳盡歷史》。」他朗讀出來，「啊，不要！要情節刺激一點的！要有戲劇性的！還要有一點點愛情元素！」

　　「不如講冒險故事吧！故事裏要有又大又可怕的怪獸！」阿齊喊道。

　　「不要太可怕啊，親愛的。」茶煲太太溫柔地對阿齊說，「你會做噩夢的。」

特別的睡前故事

　　貝兒看着圍繞着他們的那些彩色書脊，心想：每個人想聽的故事都那麼不同，怎樣才能找到一個大家都喜歡聽的故事呢？

　　突然，貝兒心生一計。「不如我們自己創作一個睡前故事吧！」她提議說。

　　「我們自己的故事？」阿齊興奮地問。

　　「是啊！」貝兒拍拍手。「我們圍一個圓圈，然後每人輪着說上一段情節，這肯定很好玩！」

　　「多美妙的想法啊，親愛的。」茶煲太太說。

　　「棒極了！」盧米亞同意說。

　　「不錯！」葛士華補充。

　　於是，他們圍在火爐旁，大家都很期待，希望快點開始。

大家都堅持要由貝兒開始說故事。

「好的。」她同意了。她想了想，便開始說故事了：
「從前，有一個騎士名叫阿拉德爵士。他是個貴族，而且
很勇敢。無論去哪裏，他都騎着他那忠誠的駿馬。」她笑
了笑，想起了費立。

「他們有沒有跟巨龍戰鬥？」阿齊大叫，興奮地跳
着。

貝兒笑了笑，對他說：「不如接下來的故事，由你告
訴我們吧？」

　　「阿拉德爵士去過很多次冒險。他曾戰勝一些又大又可怕的龍，還救過許多公主。」阿齊說，「四處的人都前來他的城堡，尋求他的幫助。」

　　「噢，我想補充一些內容。」葛士華說。

　　「好極了！」貝兒鼓勵他說。

特別的睡前故事

　　「阿拉德爵士的城堡是集中式的建築，結合了環狀堡壘和方形堡壘的設計，比舊式的城堡先進多了。這個城堡有多重防線，因為有許多層石牆。城堡所使用的石頭很特別……」

　　葛士華頓了一頓，因為他留意到盧米亞用手勢示意他快結束自己的部分。

　　「嗯，好吧，已經說了幾句。」葛士華說。

　　「你很詳細地描述了場景啊！」貝兒友善地說，「盧米亞，你繼續好嗎？」

「當然。」盧米亞說，「有一天，我們的英雄阿拉德爵士聽說有一條兇猛的龍出現了。所有勇敢的騎士都知道，哪裏有龍，哪裏就有公主。阿拉德爵士希望拯救公主，並找到真愛，於是便出發去尋找那條龍。不久後，他來到了一個魔法森林。森林裏一片漆黑，伸手不見五指！」

「噢！」茶煲太太驚歎一聲，「我知道接下來怎樣了！」

特別的睡前故事

「一會兒後，阿拉德爵士的眼睛適應了那片漆黑，他看見遠處有一隻巨大的生物伏在地上休息。」茶煲太太說，「原來牠就是那條龍，但那條龍並沒有像騎士所想的那樣目露兇光。反而，牠看起來有點憂傷。」

「接下來怎樣了，媽媽？」阿齊問。

「嗯，我已經完成了我的部分了，阿齊。」茶煲太太說。

「我們每個人都說過了！」葛士華說。「誰來說故事的結尾呢？」

特別的睡前故事

　　突然，圖書館門外傳來了一聲輕咳。大家望向大門，看見野獸就站在門前。原來他一直都在聽他們說故事。

　　「野獸，」貝兒叫他，「不如你來為我們完成這個故事，好嗎？」

「不。」野獸粗魯地說，轉身想要離開，「我不知要怎樣
說⋯⋯」

「你可以做到的。」盧米亞說。

「很容易的！」阿齊補充說。

「請過來吧！」貝兒說，並示意他坐在她旁邊。

「好吧！」野獸大步走進來，坐在貝兒旁邊。「嗯，我想……可能……這有點荒謬……」他說，他顯然有點緊張，坐立不安。

貝兒把手放到野獸的掌上，給了他一個鼓勵的笑容。

野獸望着她，再次嘗試：「那騎士看見巨龍那麼傷心……和孤單……於是便跟牠聊天。然後一件奇異的事情發生了：他們兩個成為了……嗯……朋友。完。」

大家都沉默了片刻，然後大家都同時發言。

「太好了！」盧米亞高呼。

「太精彩了！」葛士華叫喊。

「真的說得很好！」茶煲太太說。

「是啊！」貝兒說，「這個睡前故事美妙極了！」她向着野獸微笑，他總會給她驚喜，「它擁有最完美的結局。」

DISNEY PRINCESS

✦ 艾莉兒 ✦

艾莉兒的星空

　　艾莉兒公主很喜歡陸地上的生活。她一直以來，都只是遠觀人類的生活，但現在她終於有機會親身嘗試一下！

　　一天晚上，艾莉兒公主和艾力王子決定在露台上吃甜品。對艾力來說，這只是個平常而平靜的晚上。不過對艾莉兒來說，陸地上的夜晚有許多迷人的景色，她對這些都感到很新鮮。

「陸地上的晚上跟海底很不一樣。」艾莉兒告訴艾力。

「為什麼呢？」艾力問。

艾莉兒笑了。「在海底裏，我們唯一能看到的光就是一些發光的水母，以及從水面上透進來的少許月光。」她解釋說，「但在陸地上，你們可以用火來點燈，晚上都很明亮！」

艾力對艾莉兒微笑。「令晚上變得光亮的東西不只是火啊！」他說，「我還知道有一樣東西，你肯定會很喜歡的。」

艾力把火炬都熄滅了，讓露台一片漆黑──但又不是完全的漆黑。艾莉兒看見有一堆發光的點點在他們身邊高速移動，飛來飛去，看得她驚訝地瞪大了眼睛。之前火炬還亮着的時候，她完全看不見牠們。

「這些是什麼？」她驚訝地問，「牠們比海裏的水母小得多。」

艾力王子咯咯地笑。「這些是螢火蟲。」他說。他抓住了一隻，然後打開手掌，讓艾莉兒可以細看，「看到嗎？牠們的身體會發光。」

　　艾莉兒小心翼翼地想碰碰那螢火蟲，當牠再次發光，
她不禁驚歎了一聲。螢火蟲從艾力的手中飛走，很快便回
到牠的朋友之中。

　　「很可愛啊！」艾莉兒說，「牠們在空中自由飛翔，
就像魚兒在水裏那樣自由暢泳。」

　　「這裏每件事都會令你想起魚兒嗎？」艾力溫柔地取
笑她。

　　艾莉兒笑了。「不是每一件事。」她回答，「其實，
這些螢火蟲更令我聯想起別的東西。」

艾莉兒的星空

　　艾莉兒指向半空。頭頂上的星空有無數的點點星光在閃爍。

　　「星星？」艾力猜。

　　「沒錯。」艾莉兒說，「螢火蟲就像是那些小小的星星來到陸地上居住──跟我一樣！」

　　艾力揚起眉來，說：「我從來沒有這樣想過呢！」

艾莉兒的星空

「可惜王宮那邊太光了。」艾莉兒說，「很難看得清楚所有的星星。」

「為什麼這樣說呢？」艾力說，「今天晚上有很多星星啊！」

「我以前偷偷浮上水面的時候，可以看到更多。」艾莉兒告訴他，「我猜是因為那裏比這裏暗很多，所以能更容易看見它們吧！」

「你說得有道理。」艾力同意說,「可是即使我熄滅了整座王宮的火炬,附近的村莊和農場還是燈火通明。」

艾莉兒捉住他的手。「那麼,不如一起去一個沒有村莊和農場的地方吧!」她說,「可以嗎?求求你。我很想看星星——所有的星星!」

艾力有點驚訝,但他點點頭:「讓我安排一輛馬車吧!」

馬車很快便來到了。艾力和艾莉兒上了馬車，然後駛出了王宮的大門。馬車駛過了村莊，又走上了一條吹着微風的斜路，來到了郊外。他們又再經過了幾個農場，看見各樣的動物在田野裏睡覺。他們離村莊的燈光越來越遠，四周的景物也就越來越暗。最後，馬車終於停在一座大山的山頂。

　　艾莉兒從馬車上跳了下來，然後環視四周。在很遠很遠
的地平線上，隱約看見王宮微弱的燈火。村莊裏也有幾所房
屋透射着燈光，但那些光照射不到這遙遠的山頂上。

　　艾莉兒慢慢地轉着圈，仰望着晚空。這裏的星星，似乎
比在海上所看見的還要多。

　　「噢，艾力。這太完美了！」她說。

艾莉兒和艾力走在
柔軟的草地上。艾力打
開了一張毛毯。

艾莉兒坐了下來，
然後再次抬頭望着星
空。「看看！」她對艾
力說，「我們現在看到
了所有的星星。」

艾力躺了下來，將
雙手放在頭後托着，一
同欣賞着美麗的晚空。
「你說得對啊，艾莉
兒。」他說，「我從未
見過如此多的星星！真
的數之不盡啊！」

　　艾莉兒凝視着上空。「可以看星星真好啊！」她說，「以前住在海底的時候，游上水面是不被允許的事情，我只能偶爾偷偷地游上去。因此，我從來沒有機會仔細地研究星空。那邊的星星看起來是不是很像一艘船？」

　　「很像啊！」艾力說，「那些就像一隻小狗，還有那邊的就像你父親拿着的那枝三叉戟……」

　　艾莉兒又指着另一組星星。「那些好像我的朋友沙巴信呢！」她說。

艾莉兒的星空

　　艾莉兒和艾力一邊指着不同形狀的星星圖案，一邊愉快地笑着。突然間，一顆星星好像要從天空上掉下來！艾莉兒驚呼了一聲。

　　「你看到嗎？」她叫道，「那顆明亮的星星——它在動啊！瞧！又有另一顆！」

　　「那些是流星雨啊！」艾力告訴她。

艾莉兒的星空

　　艾莉兒欣賞着這片流星雨。「它們真的很美。」她說，「我想我之前說得真對。」

　　艾力望着她，問：「什麼說得真對？」

　　艾莉兒笑着，她眼中反射着星星的光芒。「星星真的很想來到陸地上！」

樂佩公主

樂佩去露營

樂佩去露營

日冕國的春天終於來臨了，空氣中彌漫着鮮花綻放的香氣，四處也傳來候鳥歸來的吱喳叫聲。

樂佩整個冬天都被困於室內。她跟父親一起整理了王宮的賬目，又跟母親一起為王宮的畫廊挑選了新的作品，她還跟王宮的策劃人員一起籌備夏天的嘉年華。

現在，她終於可以外出了！她蹦蹦跳跳的在村裏穿梭。她很喜歡四出幫助別人，而隨着天氣回暖，她還想去冒險！她已經準備好要到外面做點刺激的事情。

樂佩去露營

　　樂佩在轉角的時候不小心撞到了一個女士。「噢!」她吃了一驚,「非常抱歉。」

　　「不用道歉啊!」那女士笑着說。她拖着一隻小驢,小驢拉着的車上載着許多鮮花。「我剛剛來到這個村莊,還未習慣如此熙來攘往的街道。」

　　「你不是住在這裏嗎?」樂佩歪着頭問。

　　那女士搖搖頭。「我走到哪裏,就住到哪裏。」她解釋說,「星星是我的屋頂,綠草是我的地板。」

　　樂佩看着那女士走遠，腦海裏突然有個想法。睡在星空下，似乎正是她最想要的那種大冒險！

　　樂佩急不及待，準備邀請她的家人和朋友一起去露營，她肯定他們也會跟她一樣興奮！

樂佩去露營

可是樂佩遇到了一個問題：沒有人有空陪她去。

樂佩的父母忙着籌備王宮晚宴。

「好好享受吧，親愛的。」王后一邊整理邀請信，一邊說。

「小心留意野獸啊！」國王補充一句，然後便轉身檢查王宮雕刻家所做的冰雕。

樂佩去露營

阿占也有事忙着，他要為騎馬比武作準備。

「對不起，樂佩。」他說，「我要盡量爭取時間練習。」

突然，阿占大喝了一聲，原來馬兒因受驚而跳到一旁，差點把他摔在地上。

他安頓好馬兒後，便補充說：「記得小心大熊，聽說牠們在這個季節會出來覓食。」

樂佩歎了一口氣。至少還有她忠誠的朋友巴斯高作伴。「我們會很享受的——只有我們倆。對嗎？」

巴斯高眨了眨牠那又大又圓的眼睛，伸了伸牠那長長的舌頭。

樂佩把這當成是同意的意思。「來吧。」她說，「我們去找點吃的吧！」

樂佩去露營

樂佩和巴斯高來到王宮的廚房，他們想裝一籃子的食物帶去露營。樂佩打算帶點芝士、一條麵包，再加點水果，這就夠了。

正當她拿起麵包時，廚師進來了。她熱情地想要幫助公主，堅持要替她把食物裝進籃子裏。

當樂佩離開廚房的時候，手上拿着兩個裝滿食物的大籃子，她知道她一定吃不了那麼多。

樂佩去露營

　　接着，樂佩準備執拾一小袋行李。但當她回到房間的時候，她母親的女僕正捧着一疊洗好的衣服。

　　說時遲，那時快，女僕已經為樂佩執拾好兩個小袋子和一個行李箱，裏面全部都是裙子。

　　「我只是去睡一晚啊！」在女僕合上行李箱時，樂佩抗議說，「我用不着這些東西的。」

　　女僕只是搖搖頭，然後吩咐男僕替公主把行李拿到樓下。

最後，樂佩載了滿滿一大車東西出發了。

「我們要快點出發了，巴斯高。」她向這隻變色龍說，「我們要在天黑之前，找到地方設營。」

樂佩騎着馬車穿過了鄉郊，她一直在東張西望。最後，她來到了小溪旁的一片大平地。那裏有一棵大樹，它茂盛的枝葉正好給她乘涼，它粗大的樹幹也很適合讓她倚着來休息。這個地方完美極了。

樂佩去露營

時不宜遲，樂佩先解開了馬兒，然後出發去撿拾柴枝。她走沒多久，便找到了樹枝。在巴斯高的幫助下，轉眼間，她已經拾了一堆樹枝。

樂佩將樹枝堆成一個圓圈，然後用兩根樹枝鑽木取火。那小小的火，正好可以煮點東西吃，又可以讓她取暖。

樂佩去露營

　　樂佩看了看廚師為她準備的兩籃子食物，然後她從自己的袋子裏取出一個魚網，走到溪澗裏去。不久，她就捕獲了三條魚作晚餐！

　　樂佩愉快地笑了，吃自己煮的晚餐肯定比吃廚師為她預備的食物更令人滿足。

樂佩去露營

太陽漸漸下山，樂佩在火堆上烤熟了剛剛捕獲的幾條魚。

在她吃第一口的時候，她聽見背後傳來了一陣沙沙聲。她立刻跳了起來，心裏響起了父親的叮嚀。

她環視四周，屏息靜氣地聽着周圍的動靜。突然，她又再次聽見那些聲音。

樂佩去露營

樂佩深深地吸了一口氣，慢慢向發出聲音的地方走過去。

那聲音越來越大，是從一大片草叢之中傳來的。樂佩小心翼翼地走到草叢附近，窺探着枝葉之間的動靜。

她瞇起雙眼，鼻孔擴張，然後忽然大笑了起來。

原來只是一隻小松鼠。

「我很傻，對吧？」樂佩對巴斯高說。

巴斯高點點頭，然後眨了三次眼。

「我知道。」樂佩回答說，「那只是一隻小松鼠，但也可能是一隻大灰熊啊！我需要作好準備。」

樂佩知道要怎樣做。她拿起泥鏟，在她的營地後面挖了一個很大的洞，然後從行李箱中拿了一些綠色和啡色的裙子覆蓋着它。

最後，她需要些食物做誘餌。她在廚師的籃子中找到了一塊肉。她將那塊肉放在魚網裏，然後把魚網掛在洞上的一根樹枝上。如果有野獸想要吃這塊肉的話，就會掉進洞裏！

樂佩感到安心多了，於是回到火堆旁邊休息。

不久，她聽見「砰」的一聲，還有些呻吟聲。有野獸掉進她的陷阱裏了！

樂佩立刻跑過去，準備看看掉進陷阱的大灰熊。可是，她驚訝地發現掉進洞裏的竟然是阿占。他倒在洞裏，滿身是泥。

「阿占！你在這裏做什麼？」樂佩問道。

「我準備來給你一個驚喜呢！」阿占回答說，「但現在我才是最驚訝的那一個。」

樂佩笑着幫阿占從洞裏爬上來。「對不起啊！不過是你告訴我這裏有熊的！」她笑着說。

「我應該知道你自己一個露營也不成問題的。」阿占說。

「是的。」樂佩點點頭同意，「但我也很高興你能來。露營時發生了特別的事情，會成為難忘的回憶，可以日後和別人分享，今天之後，我又有新故事可以分享了！」

DISNEY PRINCESS

灰姑娘

葛斯要睡了

灰姑娘望出窗外，看見夕陽西下，遠處城堡的時鐘，顯示現在是晚上八時。

灰姑娘輕輕敲着她閣樓房間的牆。「是時候睡覺了！」她叫道。

傑克、蘇西、葛斯和其他老鼠們都紛紛從鼠洞裏走出來。灰姑娘在她那惡毒的繼母家裏，要一個人負責做所有的家務。她沒有時間玩樂，因此她只有跟小鳥們和老鼠們做朋友。

葛斯要睡了

「這麼快就是睡覺時間了嗎？」傑克叫道。

「睡⋯⋯睡覺時間？」葛斯問。

葛斯是灰姑娘最新的老鼠朋友。她今天早上才從捕鼠器中拯救了他。

「沒錯，是睡覺時間啊，葛斯。閉起雙眼，然後⋯⋯呼嚕呼嚕的⋯⋯睡着了！」蘇西說。

葛斯看起來很迷惘。他閉起了雙眼，然後把身體倒下來。

　　傑克抓住他。「不是倒下來啊，葛斯。」他說，「是睡覺，像這樣。」他把頭挨在手上，裝作打鼻鼾。

　　灰姑娘笑了出來。「睡覺時間不只是睡覺呢！」她說，「葛斯從來沒有在屋子裏生活過，讓我們一起教他如何準備睡覺吧！」

　　「好啊！好啊！」其他老鼠一起叫道，「我們做給葛斯看！」

葛斯要睡了

「首先，」灰姑娘說，「你要換上睡衣。」她走到一個箱子前面，拿出了一套直紋的睡衣給葛斯穿。「就這套吧！你試試看。」

很快，大家都換上了睡衣——連灰姑娘也換好了。

「這就對了。」灰姑娘說，「穿睡衣比穿平常的衣服要舒服得多，更適合睡覺。」

葛斯點點頭。「葛斯很愛睡衣！」他高呼，「葛斯要常常穿睡衣！」

　　灰姑娘笑了。「葛斯，很高興知道你喜歡這套睡衣，但是睡衣只可以在睡覺的時候穿。」

　　葛斯點點頭。

　　「灰姑娘，現在要睡了嗎？」另一隻老鼠叫道。

　　灰姑娘微笑着。「還未呢！」她對那隻年幼的老鼠說，「首先，你們要洗臉和刷牙。你們清潔乾淨之後，我就會親親你們，跟你們說晚安，然後蘇西會為大家蓋被子。」

　　老鼠們便開始去刷牙了。

　　「嗯嗯⋯⋯」葛斯笑着試了試那薄荷味的牙膏。

　　其他老鼠一邊笑一邊刷牙。葛斯小心留意着大家怎樣做，不久，他也完成了。

葛斯要睡了

「蓋……蓋被子？」葛斯問。

傑克將葛斯拉到洗臉盆前。「還未到蓋被子，葛斯。」他說，然後把一塊肥皂遞給葛斯。

葛斯一臉迷惘。他看着其他老鼠用水洗臉，然後用一些舊布把臉上的水印乾。於是，他也照樣做了。

當所有老鼠都已經梳洗乾淨，灰姑娘便親了他們一下，跟他們說晚安。「大家是時候要睡覺了。」她甜甜地說。

「跟我來吧。」傑克對葛斯說。

他走到自己的小牀前，跳了上去，然後指着自己旁邊的牀。「那是你的牀。」他說。

葛斯笑着鑽進被窩中。

蘇西為每一隻老鼠都蓋好被子。

「灰姑娘，說故事吧！」老鼠們叫道，「說故事吧！」

葛斯要睡了

　　灰姑娘笑了。「好吧！」她說，「從前，有一個年輕的王子住在一座美麗的城堡裏。他擁有一切金錢能買得到的東西——上好的衣服、珠寶、名畫等等。但他欠缺一樣，就是沒有一個特別的人可以去愛……」

　　灰姑娘一直說着那個故事，說了很久很久。每次她想停下來的時候，老鼠們都哀求她繼續說下去。直至夜深，他們累得再也無法睜開眼睛了。

葛斯要睡了

　　當所有老鼠都熟睡了，灰姑娘便躡手躡腳地躺到自己的牀上，腦海中還想着自己剛才說的睡前故事。創作這樣的童話故事，能夠讓她忘記由早到晚做家務的辛勞——至少可以暫時忘記。

葛斯要睡了

　　這時，葛斯開始打鼻鼾了。灰姑娘偷偷地笑了笑，然後蓋好被子。她再望了望城堡上的時鐘，原來已經十一時了。

　　「噢！」她睏倦地喃喃自語，「要不是老鼠們都睡着了，恐怕我要說故事說到半夜呢！」

　　灰姑娘枕着她的枕頭，打了個呵欠。「如果我的故事可以成真……」她帶着濃濃睡意地說。

　　灰姑娘閉起了眼睛，小鳥們在她旁邊唱着搖籃曲。灰姑娘很快便入睡了，她做了一個夢，夢中她遇上了英俊的王子，從此以後開心快樂地生活下去。

搗蛋的阿布

搗蛋的阿布

　　這是一個晴朗的早晨，猴子阿布在阿格拉巴的市集裏盪來盪去。他的朋友阿拉丁、精靈、茉莉公主和老虎樂雅在他下方慢慢地散着步。

　　四周都很平靜——太平靜了！阿布是個淘氣鬼，於是他留意着四周有什麼好玩的東西。他看到一個水果攤檔，那裏掛滿了美味熟透的香蕉，便心生一計。

　　這隻小猴子溜到那攤檔上，偷了一根香蕉，
隨即撕開香蕉皮，把吃掉整根香蕉，然後將香蕉皮
扔到地上。

　　阿布拿起第二根香蕉，重複着剛才的動作。他拿了一根又一
根香蕉，轉眼間，整條街上都布滿了香蕉皮。接着，阿布開始跳
高跳低，大聲尖叫。他雙手舉高，在空中揮來揮去，想要引起朋
友們的注意。

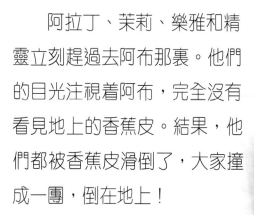

阿拉丁、茉莉、樂雅和精靈立刻趕過去阿布那裏。他們的目光注視着阿布，完全沒有看見地上的香蕉皮。結果，他們都被香蕉皮滑倒了，大家撞成一團，倒在地上！

阿布看着朋友們，吱吱地笑個不停。他們被香蕉皮滑倒的樣子實在太滑稽了！但他的朋友們並沒有跟他一起笑。

「阿布你很壞！」阿拉丁一邊說，一邊扶起茉莉，「你很可能會把我們弄傷！」

搗蛋的阿布

　　阿布垂着頭，跟着他的朋友回到王宮裏去。他看着朋友們拿出剛才在市集裏買到的食物，仔細地擺放好。

　　不久，大家在庭園裏享受着美味的食物——除了阿布。

　　這隻小猴子看着噴泉，那泉水看起來很清涼。室外的天氣實在太熱了。

　　阿布咧嘴一笑，他又心生一計了。

　　阿布等到大家都吃完了買回來的食物，然後看着大家
坐到噴泉旁邊休息。

　　突然……「撲通」一聲！

　　阿布用力地跳進噴泉裏，濺起了大量水花！

搗蛋的阿布

　　阿布的朋友們都嚇得跳了起來，大家都被清涼的水弄濕了。精靈更嚇得向後翻倒，跌進了噴泉裏！樂雅向小猴子怒吼了一聲，老虎可不喜歡被弄濕。

　　阿布又吱吱地笑了，他很滿意自己的惡作劇。可他的朋友卻一點也不覺得有趣。

　　「阿布你很壞啊！」茉莉說，「把水濺向別人是不對的。」

　　茉莉扭着頭髮，走回室內去弄乾衣服。其餘的朋友也跟着她走進去了。

搗蛋的阿布

晚上，正當月亮高高掛在阿格拉巴城上，阿布躡手躡腳地在王宮裏走來走去。

經過茉莉的房間時，他聽見了巨大的聲響，原來是樂雅的鼻鼾聲！

阿布咧嘴笑了笑。大家都睡着了，這王宮實在太靜了。幸好，他想到了補救的方法！

阿布立刻跑去找自己的收藏品，從中拿起了一個木槌。他拖着那木槌走到走廊，每經過一道門就用木槌用力敲一下。最後，他來到了觀見室。精靈的神燈安放在一個枕頭上。

阿布舉起了木槌，對準神燈，然後⋯⋯

搗蛋的阿布

「砰！」

阿布用木槌大力敲打神燈。精靈隨着一縷捲曲的藍煙從神燈裏冒出來。

「嘩——我來了！我的願望，你可以為我成就！我是說，你的願望……」

精靈迷惘地搖搖頭，然後他發現阿布在笑。「阿布你很壞啊！」他說，「難道你不知道精靈要睡美容覺嗎？」

搗蛋的阿布

這時，眩暈無力的樂雅走進房中，隨後還有打着呵欠的阿拉丁和睡眼惺忪的茉莉。

「阿布⋯⋯小傢伙，你已經搗蛋了一整天。」阿拉丁說，「你不累嗎？」

「是時候睡覺了，阿布。」茉莉甜甜地說。

樂雅點點頭，低沉地抱怨了一聲。

「來吧，朋友。不如休息一下吧？」精靈說。

可是，阿布沒有回答。

「阿布？」阿拉」問，尋找着他的朋友。

搗蛋的阿布

「嗯……阿拉丁。」茉莉指着房間的另一邊說。

阿拉丁望向茉莉所指的方向，看到阿布已經爬到精靈的枕頭上呼呼大睡了。

精靈拿了一張被子，蓋在阿布的身上。「阿布乖。」他說。

愛洛公主

愛洛的睡衣派對

愛洛的睡衣派對

　　愛洛公主自從嫁給菲臘王子後，在城堡裏一直過着幸福快樂的生活。然而，她卻有點掛念她的仙子朋友——花拉仙子、翡翠仙子和藍天仙子。

　　有一天，菲臘王子告訴她，他要到訪另一個王國，第二天才回來。他對愛洛說：「我不在的這段時間，不如邀請那三位仙子來陪陪你好嗎？」

　　「好極了！」愛洛回答說，「我立刻就去寫邀請信！」

　　花拉仙子、翡翠仙子和藍天仙子收到邀請信時非常興奮。當她們來到城堡的時候，發現愛洛正穿着睡衣。

　　「驚喜吧！」愛洛叫道，「這是個睡衣派對呢！你們也快快換上睡衣吧！」

愛洛的睡衣派對

　　仙子們立刻換上睡衣，然後用魔法在房裏播起音樂來。大家都聞歌起舞，派對正式開始了！

　　愛洛輪流跟每位仙子跳舞。她拖着她們的手，向左轉又向右轉。正當她跟翡翠仙子轉圈之際，愛洛的睡袍忽然變成了亮麗的藍色。

　　「噢，不，這隻藍色不行。」花拉仙子說。她向愛洛揮動魔法棒，將公主的裙子變成粉紅色。

　　「別急！」藍天仙子說，又再次將睡袍變成藍色。

　　睡袍不停地變色，直至最終變回原本的顏色。

愛洛的睡衣派對

　　突然間，花拉仙子拿起了枕頭，向着藍天仙子擲過去。藍天仙子蹲下避開了，然後立即也拿起一個枕頭來反擊。原本在跳舞的翡翠仙子和愛洛停了下來，看着兩個仙子在玩枕頭大戰。她們對望一眼後，也立即拿起自己的枕頭來，加入戰團。

愛洛的睡衣派對

不久後，整個房間都羽毛紛飛，充滿着歡笑聲。

「這場大戰令我覺得肚子很餓，不如到樓卜弄點小吃吧！」
藍天仙子提議。

　　來到廚房，藍天仙子為自己弄了一份三層的野莓三文治。那賣相太吸引了，其餘兩位仙子也急不及待要來為自己弄一份。

　　廚房裏立即變得繁忙起來，每個人都忙着製作自己的睡前小吃。

　　三文治做好了。花拉仙子拿起自己的三文治，正當她大口咬下去時，一團忌廉從三文治裏擠了出去，落在愛洛公主的臉上！

　　「噢！」花拉仙子說，「對不起，公主。」

　　不過愛洛一點也沒有不高興，她反而在大笑呢！睡衣派對的重點就是要盡情玩樂，她正樂在其中呢！

愛洛的睡衣派對

吃完東西，愛洛跟仙子們回到樓上睡房。

「不如我們講故事吧！」愛洛提議道。

於是，大家圍在牀邊，聽花拉仙子說故事。直至大家越來越
睏，花拉仙子便把書放到一旁，讓大家一起睡覺去。

愛洛的睡衣派對

大家都睡着了，但花拉仙子卻久久未能入睡！這一晚的活動讓她感到太興奮了，她在牀上翻來覆去，結果不小心撞到藍天仙子的頭！

「哎呀！」藍子仙子被撞醒了，她摸摸自己的頭，叫道，「你為什麼打我？」

「我不是故意的。」花拉仙子說，「我只是睡不着！」

「現在我也睡不着了。」藍天仙子說。

她們談話的聲音把翡翠仙子吵醒了，她建議她們可以一起數綿羊，這樣能幫助入睡。

花拉仙子和藍天仙子都同意翡翠仙子的提議，認為值得一試，於是便躺下來開始數綿羊。

愛洛的睡衣派對

　　「一隻、兩隻、三隻……」花拉仙子數着。突然間，她的綿羊變成了藍色！

　　「十二隻……十三隻……十四隻……」藍天仙子數着自己的藍色綿羊。但正當她快要睡着之際，她的藍色綿羊突然變成了粉紅色。

　　「藍色！」藍天仙子喊了一聲，把綿羊都變回了藍色。

　　「粉紅色！」花拉仙子說，又把綿羊轉色了。

　　就這樣，兩位仙子坐了起來，開始吵架。這次她們把翡翠仙子和愛洛都吵醒了。

愛洛問她們怎樣了，仙子們便告訴她有關藍色和粉紅色綿羊的事。

「也許我有個更有效幫助入眠的辦法。」愛洛說。她坐了起來，為仙子們唱了一首搖籃曲。

她動人的歌聲傳遍整個房間，仙子們都合上了眼睛。她們很快便睡着了──連花拉仙子也是！

愛洛的睡衣派對

「嗯，這就對了。」愛洛說。然後，她輕輕哼着搖籃曲，蓋上被子，再次入睡。

花木蘭

木須龍說故事

木須龍說故事

這天晚上，花家上下都很平靜。

大家吃完晚餐，悠閒地做自己的事情，而花木蘭幫祖母洗完碗後，便跟家人說晚安，返回自己的房間。她答應了蟋蟀會跟牠說睡前故事。

木須龍説故事

　　花木蘭換上睡衣，然後對她的朋友說：「蟋蟀，你今晚想聽怎樣的故事呢？」

　　蟋蟀還未回答，他們的朋友木須龍便衝進了房間：「是不是有人想聽故事？」

花木蘭點點頭，說：「我剛剛在問蟋蟀想要聽怎樣的故事。」

「噢，我有一個最適合的故事！」木須龍興奮地說，「我可以說嗎？」

花木蘭和蟋蟀一同點點頭。木須龍的故事總是很吸引。

「太好了！」木須龍說。

於是，花木蘭躺進被窩中，木須龍跳到窗台上，蟋蟀高興地安坐在他的肩膊上。

「那是一個下着大雪的晚上，四周一片漆黑。」木須龍開始說，「就像今晚一樣。花木蘭正準備睡覺的時候，發現蟋蟀的籠子空空如也。

木須龍說故事

「花木蘭尋遍了整個房子，但都找不着那隻小蟋蟀。她將燭光照向窗戶，往外面　看，不禁大吃一驚！雪花大片大片地落下，她在雪地上隱約看見一行細小的足印。」

「等一下。」花木蘭打斷木須龍的故事，「蟋蟀那麼小，怎可能在雪地留有足跡？」

「噓……」木須龍說，「我正在說故事呢！」

花木蘭點點頭，不再說話了。木須龍說得對，
打斷別人的故事是不禮貌的。

「花木蘭立刻穿上外套，然後到祠堂去尋求我
的幫助。」木須龍繼續說，「當然，我很快便被說
服了，我願意為那幸運的蟲兒赴湯蹈火。」

「他睡着時除外。」花木蘭悄悄跟蟋蟀說，
「要叫醒他難如登天！」

木須龍説故事

「我會裝作沒有聽見你的話。」木須龍說，「總之，花木蘭和我跟隨着蟋蟀的足印走到森林裏。雪卜得很大，我們幾乎無法看清前路。我們一直跟隨着那些足印，直至我不小心打了一個噴嚏！很不幸，因為我是兇猛的噴火龍，所以不小心把前方的雪融掉了，我們因此失去了蟋蟀的蹤跡！」

「等一下。」花木蘭說，
她再次打斷木須龍的故事。
「我們不是應該可以看到餘下
的足印嗎？你不會一次過融掉
所有的足印吧，對嗎？」

「我剛要說到這個部分！」
木須龍交叉雙手，斜眼看着花木
蘭。

「對不起，木須龍。」花木
蘭說。

木須龍說故事

「那時，我有一個很棒的想法。」木須龍說，「我仰起頭來，噴出一大口火。火焰照亮了地面，於是花木蘭又再次看到了蟋蟀的足印。」

木須龍説故事

「我們一直跟着蟋蟀的足印，來到了一個大雪堆。」木須龍說，「足印就在那裏消失了。花木蘭和我呼喚着蟋蟀。在那堆雪下，隱約地傳來了吱吱的蟲叫聲！花木蘭和我便立刻用盡全力挖開那堆雪。我們越挖越快，直至……」木須龍的聲音停了下來。

「直至怎樣了？」花木蘭叫道，「之後發生什麼事了，木須龍？」

「我們發現了雪堆下有一個山洞，蟋蟀和村裏的一個小女孩就在裏面！」木須龍說，「他們都冷得不停地顫抖。花木蘭立刻用自己的外套包裹着他們，然後那小女孩向花木蘭講述所發生的事。原來，當小女孩正在外面拾柴枝的時候，天突然下起大雪來。於是，她去到這個山洞裏避雪，怎知突然有一大堆雪倒下來，封住了洞口。蟋蟀聽見了她呼叫的聲音，便來找她。蟋蟀身型很細小，所以可以進去洞裏陪她，卻沒有辦法把她救出去！」

木須龍説故事

　　「我燃起了一個火堆，讓大家都温暖起來。最後大家
都平安回家了。這就是我們尋找蟋蟀和拯救村裏小女孩的
故事了。」木須龍說完了。

　　「那麼蟋蟀是怎樣知道村裏的小女孩在洞穴裏的？」
花木蘭困惑地問，「而且外面那樣大風雪，牠又怎會出
去？」

　　「問題真多！」木須龍說，他苦惱地揮揮手，「這只是個故事啊，花木蘭。」

　　花木蘭對她的朋友笑了笑，說：「這個故事也不錯。」

　　「對吧？」木須龍說，「說完這個故事，我累透了。」

　　木須龍將蟋蟀放到牀上，然後走向房門，說：「晚安，花木蘭。是時候睡了。」

　　花木蘭為自己和蟋蟀蓋上被子，很快便熟睡了。

DISNEY PRINCESS

✦ 梅莉達 ✦

梅莉達和母親的一天

達邦國的早上一片風和日麗。陽光射透薄霧，綠草上的露水閃爍着光芒。

梅莉達和她母親艾莉諾王后在城堡裏，正準備着她們第一次的母女日。然而，她們都面對着同一個問題：因為她們甚少二人獨處，所以大家都還未想到要在這個特別日子裏做些什麼！

梅莉達和母親的一天

「我們一起刺繡好嗎？」艾莉諾王后提議，然後領着梅莉達進到一座陽光普照的高樓裏。

「噢……你想的話也可以啊！」梅莉達試圖表現得熱切一點。她坐在扶手椅上，拿起了針線，可是眼睛卻一直望着窗外，心裏想着：今天天氣多好啊！

「我發現這種紅線實在非常適合……」艾莉諾王后頓了頓，發現女兒正在想別的事情，「啊，其實我們也可以去呼吸一下新鮮空氣。」她說。

梅莉達立即精神一振，說：「真的嗎？」

「當然。」艾莉諾王后回答說。

　　她們到了外面，經過梅莉達的射箭場。

　　「我想到一個好主意！」梅莉達興奮地說，「不如我教你怎樣射箭吧！」

　　艾莉諾王后向女兒微弱地一笑，但梅莉達沒有注意到。她將弓箭遞給母親，然後立刻走到起始線上。

　　「你只需要像這樣拿着弓箭，然後用力向後拉，就……噢！」

　　梅莉達的箭直中紅心，但艾莉諾王后似乎不覺得射箭那麼易如反掌。

　　艾莉諾王后把箭射落在自己的腳前。「媽媽！」梅莉達大喊，「你沒事吧？」

　　「還好。」艾莉諾王后說，「但可能射箭不太適合作母女活動。」

　　這時，艾莉諾王后看到遠處的馬廄。「我想到了，不如我們去騎馬吧！」她說。

梅莉達和母親的一天

　　正當王后和公主在美麗的郊野策馬奔馳時，艾莉諾王后叫住了她的女兒。「梅莉達！慢下來吧！我想給你看點東西。」

　　梅莉達回去，看見母親站在一棵枝葉茂盛的大樹前。

　　「嗯……這棵樹很好啊！」梅莉達說，「很……嗯……很高啊！」

　　「這是一棵山梨樹。」艾莉諾王后解釋說，「別人都稱它為山中之后——是一位守護神。有些人會將它的細枝放到門廊上，驅走邪靈。」

　　這引起了梅莉達的注意，她最喜歡聽母親講傳說故事了。「邪靈？」她問。

　　艾莉諾王后一臉神秘地望着女兒，說：「我們採集一些細枝帶回城堡好嗎？」

　　梅莉達正要回答之時，峽谷中忽然出現了一個又大又可怕的黑影，好像有一隻怪物在搖動山梨樹旁邊的灌木。

　　「小心啊！」梅莉達叫道，她立刻躍到母親前面去保護她。

這時，灌木叢中露出一些紅色的曲髮。原來
是梅莉達的幾個弟弟，他們正騎着一隻山羊！
「哈利、哈伯、哈密！」艾莉諾王后叫道，
「你們在這裏做什麼？」
「我以為你們是怪物呢！」梅莉達說。
「唉！」艾莉諾王后歎了
一口氣，「我想我們要帶他們
回城堡去了。」

「一定要回去嗎？也許我們可以帶着他們繼續前進？」梅莉達皺眉扁嘴，有點不情願。

艾莉諾王后俯身向前，對梅莉達說：「好吧！」

梅莉達和母親的一天

　　不久，艾莉諾王后、梅莉達和那三胞胎在一條潺潺的小溪前停了下來。馬兒和山羊都低頭喝着清涼的溪水。

　　「啊，這溪澗的水看來很清新。」梅莉達邊說邊踏進溪澗裏。她的弟弟們也隨着她跳進水裏。梅莉達回頭看見母親很優雅地用一隻腳趾碰碰溪水。

　　「進來吧，媽媽！」她叫道，「感覺很涼快的。」

　　艾莉諾王后猶豫了一下。「噢，不，我不能這樣……」

　　「你肯定很熱了吧！」梅莉達說。

　　「是有點熱，但我，嗯……」

　　梅莉達看了看弟弟們，他們知道要怎樣做的。

梅莉達和母親的一天

突然，一些水濺到艾莉諾王后身上去了。

艾莉諾王后很驚訝，然後她大笑了起來。

「噢，你們這就不對了！我要好好地回報你們四個！」她說，然後便下到溪裏，加入了孩子們的水戰。

梅莉達和母親的一天

　　大家在溪澗裏涼快過後，便決定繼續向前探索。他們愉快地穿過森林，來到了一片平靜的大草原。男孩們指着草原上一些巨大的灰色石柱。

　　「噢，對了！」艾莉諾王后說，「這裏是古老的巴里廢墟。我們在這裏停一會兒吧！」

梅莉達和母親的一天

男孩們四處奔跑，在廢墟中玩捉迷藏；而梅莉達就在觀察刻在石上的文字。「媽媽，這裏寫着什麼？你能看懂嗎？」

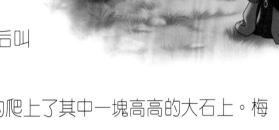

艾莉諾王后靠近細看。「如果我翻譯沒錯的話，這應該寫着『獻給高貴的王后和勇敢的公主』。」她以溫柔的眼神看着女兒，「怎麼樣？」

梅莉達笑了。忽然間，她看見母親臉色一沉。

「孩子們！」艾莉諾王后叫道。

原來那三胞胎不知怎樣的爬上了其中一塊高高的大石上。梅莉達立刻跳了上去把他們帶下來。

「媽媽，真不知道你是怎樣做到的，時刻都看顧着我們。」梅莉達說，然後把動來動去的弟弟們遞給母親。

「因為有人幫助我啊！」艾莉諾王后回答說，「這幾個小傢伙有一個很好的姐姐。」

轉眼間，太陽開始下山了。

「是時候回家了。」艾莉諾王后說。

大伙兒騎着馬回去的時候，他們看見了草原上有
一些螢火蟲在飛舞。

「螢火蟲是仙子們的信差。」艾莉諾王后解釋說，「我們只需要將願望悄聲告訴牠們就可以了，一起來吧？」

梅莉達愉快地笑了，立刻下了馬。

男孩們跑來跑去，想要捉住那些嗡嗡地叫着、發着亮光的螢火蟲，而母女倆則低聲說着心底的願望。

回到了城堡，梅莉達叫住了母親。「你剛才許了什麼願呢？」她問。

「我們不能說出來，否則願望不會成真呢！」艾莉諾王后說。

梅莉達聳聳肩。「我的願望是往後能有更多我們母女倆共處的日子。」

艾莉諾王后把女兒擁入懷中。「我也是。」她悄聲說。

梅莉達笑了。她知道這個願望將會成真。

好友聚會

「來吧，蒂安娜。一天而已！」艾樂兒說，「你暫時放下餐廳的工作也沒問題的，就這麼一天！」

蒂安娜歎了口氣。艾樂兒遊說她一起去逛街購物已經有好幾天了，只是蒂安娜在餐廳裏真的很忙碌。她差點連坐下來的時間都沒有，更何況是休息一整天呢！

「來吧！請你來吧！」艾樂兒哀求說。

　　蒂安娜環顧廚房，她還需要煮秋葵湯、製作粟米包，以及預備晚上的特別菜式。

　　「對不起啊，艾樂兒。」她搖搖頭說，「『蒂安娜宮殿』需要我，我沒時間陪你試一百條裙子。我需要確保這裏的運作順暢，這實在太重要了。」

　　蒂安娜轉過身來，繼續切紅蘿蔔。「也許下星期吧。」她說，「或是再下個星期。」

　　艾樂兒交叉雙手，撅起嘴來。「你整天只是想着自己的餐廳。」她說，「你的朋友呢？她也很重要！我要為一場盛大宴會而買一條新裙子。」

　　蒂安娜說：「艾樂兒，我已告訴你⋯⋯」

　　「算了！」艾樂兒打斷她說，「你既然這樣想，我就自己去買。下次你有需要幫忙的時候，再看看我會不會來幫你！」

　　艾樂兒大力地踏着地板，轉身就步出廚房，又「砰」一聲的關上身後的門。

下午，艾樂兒去了她最喜愛的服裝店，她把每條裙子都試了一遍。

可是，買裙子的時候，缺少了好朋友的陪伴，感覺總有點不對勁。沒有人欣賞她所穿的每條裙子，她以往最享受的這個活動變得很沒趣。

　　這時，蒂安娜剛弄好了秋葵湯，完成了粟米包，又準備好了晚上的特別菜式。

　　蒂安娜看着那堆骯髒的碗碟歎了口氣，在眾多的廚房工作之中，她最不喜歡的就是洗碗。但過往許多個晚上，艾樂兒都會來陪她聊天。和好朋友談天說地，似乎會讓洗碗的時間過得快一點。沒有好朋友在，這工作變得很沉重和漫長。

那天晚上，當蒂安娜準備睡覺時，她望出窗外。她想起從爸爸身上學到的東西，就是要重視朋友和家庭。

蒂安娜歎了一口氣。餐廳是很重要，但還不及艾樂兒重要。她知道自己必須想個辦法跟好朋友和好。

好友聚會

　　而在拉布夫大宅裏，艾樂兒正發着牢騷，也在埋怨。
但無論怎樣，她還是很想念蒂安娜。也許她氣沖沖地
離開「蒂安娜宮殿」，是有點太激動了。
畢竟一直以來，這餐廳都是蒂安娜的
夢想，而讓餐廳運作順暢也是很
重要的。

　　艾樂兒知道自己必
須想個辦法跟好朋友
和好。

　　第二天早上，蒂安娜聽見廚房傳來一陣騷動聲，然後她嗅到一股燒焦東西的味道！她猛烈地推開廚房門，看見艾樂兒站在一鍋滾油和燒焦了的法式甜甜圈前。

　　「艾樂兒！」蒂安娜說，「你在做什麼？」

　　這時，蒂安娜看到一滴眼淚從艾樂兒的臉頰滑下來。

　　「我只是想幫忙。」艾樂兒解釋說，「我覺得自己昨天做得不對，所以想今天來彌補，但現在我又破壞了一切！」

好友聚會

　　蒂安娜歎了口氣，擁抱住艾樂兒，說：「我也很抱歉。我應該要記住有些事情比我的餐廳更重要，而你在我心目中是最重要的！」

　　蒂安娜環視了一下廚房。「你說對了，艾樂兒。」她繼續說，「這地方一天沒有了我，也可以如常運作。我知道我們需要什麼，那就是好友聚會！」

　　「噢，蒂安娜，真的嗎？」艾樂兒問，「好極了！」

蒂安娜和艾樂兒一起清潔了廚房，然後蒂安娜向好友示範製作法式甜甜圈的正確方法！

轉眼間，艾樂兒就已經搓好了麵團，炸出了完美的法式甜甜圈！

「這才像樣嘛！」她一邊檢查着自己的製成品，一邊說。

接着，她們倆一起去逛街購物。艾樂兒試了一條又一條裙子。昨天試穿的時候覺得單調和沉悶的裙子，現在都很完美。

轉眼間，艾樂兒已經為將要參加的盛大宴會找到了三條適合的裙子！

她還替蒂安娜選了一條完美的禮服。

　　那天晚上，
蒂安娜躺在艾樂兒的
牀上，而艾樂兒卻在忙東忙西的。

　　「艾樂兒，你在做什麼呢？」她問好友，「我很累了，不如
睡覺吧！」

　　「我在找……」艾樂兒說着，聲音越來越小，「在哪裏呢？
啊！」艾樂兒把頭從衣櫃裏伸出來，「這個！」她手裏拿着一本
書。

　　蒂安娜笑了。在她們還是小孩時，她母親常常講這些故事給
她們聽。「用這個來結束我們的一天，多完美啊！」她說。

　　艾樂兒點點頭，爬上了牀，坐到蒂安娜的旁邊。然後，她們
打開了那本書，依偎在一起讀那個睡前故事。